DIALOGUE

ENTRE UN AUTEUR
ET UN RECEVEUR
DE LA CAPITATION.

Par Madame D. L. R.

Si ad naturam vixeris , numquam pauper eris
Si ad opinionem vives , numquam dives.

Epic. in Senec. Epift. 16.

A AMSTERDAM.

M. DCC. LXVII.

AVERTISSEMENT.

UNE Dame, à qui un Auteur avoit fait part des mauvaifes chicanes qu'on lui faifoit pour le forcer à payer la Capitation, & des mauvaifes raifons qu'il donnoit pour chercher à s'en exempter, trouva le fujet affez plaifant. Elle a mis leur converfation par écrit; & elle efpère que ni l'Auteur, ni le Receveur de la Capitation ne lui en voudront point de mal; qu'ils en badineront eux-mêmes les premiers; &

A ij

qu'ils ne regarderont cette ba-
gatelle que comme un amufe-
ment & un jeu de l'imagi-
nation.

DIALOGUE

ENTRE UN AUTEUR

ET UN RÉCEVEUR

DE LA CAPITATION.

L'Auteur. Je viens chez vous,
Monſieur le Receveur, pour vous
prier de m'éclaircir un petit myſtère.
En rentrant ce ſoir à l'Hôtel du....
où je ſuis logé, mon hôteſſe m'a
remis ce billet auquel je ne comprends rien ; c'eſt, dit-elle, un or-
dre pour me faire payer la Capitation. Je vois bien mon nom ,
mais je ne puis deviner ce qu'on a
mis à la ſuite. Regardez, Monſieur ,
& faites-moi l'amitié de me dire ſi

c'eſt moi qu'on a voulu déſigner.

Le Receveur. Oui, Monſieur, c'eſt vous ; ce mot *Bgs* ſignifie *Bourgeois de Paris.* Ne vous appellez - vous pas M. D. L. C?

L'Auteur. Oui, Monſieur, mais je n'ai pas l'honneur d'être Bourgeois de Paris, du moins que je ſache. M'auroit on reçu Bourgeois ſans m'en avertir, & la Ville de Paris m'auroit-elle fait préſent du droit de Bourgeoiſie ſans ma participation ? Je ſuis donc comme le Sganarelle de Molière, qui ſe trouva tout-à-coup Médecin ſans le ſavoir. Cela ſeroit bien extraordinaire, ma foi, que la Ville m'eût envoyé le droit de Bourgeoiſie, comme toutes les Villes d'Angleterre l'ont envoyé à M. Pitt, ou comme la Ville de Calais l'a envoyé à M. de Belloi. Si j'avois fait *le Siege de Paris*, & que ma Tragédie eût eu autant de ſuccès que *le Siege de Calais*, je ne ſerois plus ſurpris de ce nouveau titre dont la Ville veut bien me décorer. Peut-être que les Meſſieurs de Ville, en attendant qu'on ait fait *le Siege de Paris*; v eulent exciter tous les Auteurs, tant bons que mauvais, à y travailler en les récompenfant d'avance.

Le Receveur. Je ne comprends rien, Monfieur, à ce que vous me dites ; & je ne fais pas à quel pro-pos vous venez me rompre ici la tête de fiege de Calais, & de fiege de Paris, tandis que nous fommes en paix depuis plus de quatre ans.

L'Auteur. Allons, allons, Mon-fieur le Receveur, ce n'eft rien, point de colere, c'eft un petit doute dont je voulois être éclairci ; mais dès que vous me dites que vous n'y comprenez rien, je vous dirai bien franchement que, ni moi non plus, je n'y comprends rien.

Le Receveur. Cependant rien n'eft plus clair ; n'êtes - vous pas fujet du Roi ?

L'Auteur. Oui - dà, & je m'en ferai gloire toute ma vie.

Le Receveur. N'êtes - vous pas orphelin ?

L'Auteur. Oh ! pour cela non,

car j'ai encore mon pere qui, j'ef-
pere, fe porte bien.

Le Receveur. Avez-vous Madame
votre mere ?

L' uteur. Hélas ! non, Monfieur, depuis quelques années elle
eft morte, dont je fuis bien fâché.

Le Receveur. Eh! bien, vous êtes
orphelin, & vous devez payer la
Capitation.

L'Auteur. Comment, Monfieur,
c'eft à-dire que fi j'avois ma mere,
je ferois exempt de la Capitation !
Quel malheur pour moi que ma
mere foit morte, car fi elle vivoit,
je fuis fûr qu'elle m'enverroit de
l'argent, au lieu que mon pere jouit
de tout & ne me donne rien ou prefque rien, & par-deffus cela je ne
payerois point de Capitation. Ah!
ma pauvre mere, pourquoi êtes-
vous morte fitôt !

Le Receveur. Toutes vos lamenta-
tions ne ferviront de rien.

L'Auteur. Mais, Monfieur, depuis plus de fix ans que je fuis à
Paris, & que je loge en Hôtel garni,

on ne m'a jamais demandé la Capitation.

Le Receveur. Tant mieux, Monsieur, nous vous ferons payer toutes ces années-là. Clercs, écrivez que Monsieur n'a rien payé depuis six ans.

L'Auteur. Badinez-vous ?

Le Receveur. Par ma foi, nous vous forcerons bien à les payer ; non, Monsieur, je ne badine pas & je vous parle très sérieusement.

L'Auteur. Morbleu, ceci passe raillerie.... Mais, Monsieur, je croyois que les hôtesses payoient en général une certaine somme pour tous leurs logeurs, parce que, comme vous sçavez, on ne loge guères un an de suite en chambre garnie surtout les étudiants, & particulierement moi, qui suis étudiant en littérature.

Le Receveur. Eh! pourquoi, Monsieur, ne payeriez-vous pas en chambre garnie ? Quel privilège avez-vous de plus que ceux qui sont dans leurs meubles ? N'êtes-vous pas sujet du Roi & orphelin ?

A v

L'Auteur. Il est vrai : mais enfin on suppose que les hôtesses font payer déjà leurs chambres assés cher; & si elles donnent à la capitation une légère somme en général, elles sçavent bien s'en dédommager en particulier par le prix auquel elles mettent leurs appartements

Le Receveur. Mauvaises raisons que tout cela, Monsieur, vous êtes sujet du Roi & orphelin.

L'Auteur. Du moins, Monsieur, il me sera permis de vous demander pourquoi on m'a mis à six francs ? Sçait-on qui je suis, ce que je suis, comment je vis, comment je suis logé, comment je gagne ma vie ? Car après tout, il faut que l'imposition soit conforme ou à l'état qui nous fait vivre, ou aux revenus dont nous jouissons. Mais si je n'ai ni l'un ni l'autre ?... Je suis avocat, il est vrai, & d'abord je n'étois venu à Paris que pour faire mon droit. Mais....

Le Receveur. Vous êtes avocat, Monsieur, tant mieux, tant mieux. Clercs, écrivez que Monsieur est avocat, & mettez-le à quinze francs.

L'Auteur. Sauvons-nous vite & décampons d'ici, car plus je resterai plus j'aggraverai ma cause .... pardi, vous êtes un homme bien terrible, Monsieur le Receveur, je ne puis faire un pas que vous ne me jettiez par terre, & toutes les armes que je vous présente pour ma défense, vous les faites retomber sur moi.... Eh! bien, Monsieur, je vous payerai vos six francs de capitation, & qu'il n'en soit plus parlé. Mais je vous demande une grace que, j'espère, vous m'accorderez.

Le Receveur. De quoi s'agit-il? Voyons d'abord si cela est possible.

L'Auteur. Oh! très possible. Vous connoissez bien, M. le Curé de notre Paroisse.

Le Receveur. Oui, hé! que fait M. le Curé à vôtre capitation?

L'Auteur. Beaucoup, Monsieur, beaucoup, & je vous prie bien instamment de ne lui point dire que vous m'avez mis à la capitation, parce qu'il pourroit très bien aussi me mettre au pain benit, & m'obliger à le rendre à mon tour.

A vj

Le Receveur. Ha ! ha ! ha ! ne crai-
gnez rien de semblable , Monsieur ,
c'est moi qui vous en assûre.

L'Auteur. Pourquoi ne le crain-
dois-je pas , Monsieur ? Il a plus de
droit à mettre au pain benit que vous
n'en avez à me mettre à la capitation. Ne suis-je pas sujet de l'Eglise ,
Monsieur le Receveur ?

Le Receveur. Oui.

L'Auteur. Ne suis-je pas orphelin ?

Le Receveur. Oui , à ce que vous
avez dit.

L'Auteur. Donc je dois rendre le
pain benit , & le rendre avant que
d'en venir à la capitation , puisque
le devoir de chrétien doit passer le
premier.

Le Receveur. Tout cela ne suffit
pas , Monsieur , & il faut que vous
ayiez encore d'autres qualités.

*L'Auteur. Mauvaises raisons que
tout cela ,* Monsieur le Receveur , ne
suis-je pas sujet de l'Eglise & orphelin ?

Le Receveur. Tout cela ne suffit
pas , vous dis-je , & il faut que vous

ſoyiez bourgeois domicilié, ſans quoi Monſieur le Curé ne peut pas vous y forcer.

L'Auteur. Il eſt heureux pour moi, Monſieur le Receveur, que le pain benit ne ſe donne pas tous les ans comme la capitation ; car ſans cela, ma foi, Monſieur le Curé ne manqueroit pas de m'y ſoumettre. Il faut, dites-vous, que je ſois bourgeois domicilié ; hé ! ne me donnez-vous pas cette qualité dans ce maudit imprimé que vous m'avez envoyé, & en faudra-t-il davantage à Monſieur le Curé ? Tenez, liſez.... *M. D. L. C.... Bourgeois... En ſon Do⁓icile..... Parlant à ſa perſonne ...* Oh ! pour celui-là, il en a bien menti, car je ne l'ai point vû du tout, & plût-à-dieu que je l'euſſe vû, je lui aurois fait voir ma chambre, & il eut ſûrement remporté ſon beau papier.

Le Receveur. C'eſt le ſtyle ordinaire.

L'Auteur. Quoi ! c'eſt le ſtyle ordinaire ... de mentir ; de m'appeller *Bourgeois de Paris*, tandis que je ne ſerois pas même reçu *Bourgeois de*

Châtres, de mettre *en son domicile*; tandis que je n'ai ni feu, ni lieu, & que je vis, comme dit Boilleau, ainsi qu'il plaît à Dieu ; & d'ajouter impunément *parlant à sa personne*, tandis que j'ai vû cet homme là, comme je vois le Grand Turc !

Le Receveur. Oui, Monsieur, oui, c'est le style ordinaire & vous ne le réformerez pas. Vous me la baillez belle, ma foi. Allons, allons finissons, *à bon Entendeur demi mot*, & l'on voit assez ce que ces paroles veulent dire. Finissons s'il vous plait, je me dois au public & vous venez me troubler. Puisque vous êtes Avocat , vous payerez quinze francs, au lieu de six. Marquez Monsieur à quinze francs.

L'Auteur. Un petit moment de grace, Messieurs, & permettez-moi du moins de m'expliquer auparavant. Je suis Avocat, il est vrai, & même depuis plus de deux ans ; & vous le sçavez aussi bien que moi Monsieur le Receveur, car mon hôtesse n'a pas manqué de vous instruire de tout cela. Mais je ne vis

point de cet état là ; c'eſt un titre
que mon pere a voulu que je priſſe,
& je ne ſuis Avocat que par obéiſ-
ſance. Bien plus , Monſieur , c'eſt
que ſi vous pouviez me rendre le ſervice de me trouver quelqu'un qui
voulut acheter mes lettres , je les lui
donnerois pour . . . vingt cinq écus,
quoiqu'elles reviennent à mon pere
à près de vingt cinq louis d'or. Parbleu , Monſieur le Receveur, ren-
dez-moi ce petit ſervice & je vous
paye tout de ſuite vos ſix francs de
capitation.

Le Receveur. Vous avez tort ,
Monſieur , l'état d'Avocat eſt fort
honorable.

L'Auteur. Eh ! qui vous dit le con-
traire, Monſieur le Receveur , je ne
m'apperçois que trop bien qu'il eſt
fort honorable , puiſque vous me
mettez tout de ſuite à quinze francs.
A vous dire vrai, je ſouhaiterois
bien pouvoir en remplir les fonc-
tions , & je ne demanderois pas
mieux. Mais quand une fois on a
tâté des Belles-Lettres, c'eſt le diable, on ne veut plus goûter autre

chofe ; c'eft une belle maîtreffe qu'on ne veut plus quitter. Il eft vrai qu'il en cuit quelquefois, *mais elle eft belle, elle eft belle, c'eft qu'elle eft belle.*

Le Receveur. Cependant, Monfieur, permettez-moi de vous le dire, encore faut-il un état dans la vie, & qu'eft-ce qui voudra vous voir dans le monde fi vous n'avez pas un état.

L'Auteur. Parbleu, Monfieur le Receveur, tous les ignorants me difent la même chofe, & je fuis bien furpris que vous, que j'eftime infiniment, me teniez un pareil langage. Sçavez-vous bien ce que c'eft que prendre un état, M. le Receveur, & y avez-vous jamais bien réfléchi ? Soit dit entre nous, Monfieur le Receveur, prendre un état dans le monde, eft-ce prendre autre chofe qu'un titre pour voler le public ? Prendre un nom, un art, un métier, une boutique, n'eft-ce pas fe mettre à même de voler impunément, de piller, grapiller, duper l'un, duper l'autre, fubtilifer en affûrance, & attraper le tiers & le quart ?

Le Receveur. Envérité, Monſieur, je ſuis las de tant de raiſons. Que votre maîtreſſe ſoit belle, qu'elle ne ſoit pas belle ; que vous ayez une profeſſion, que vous teniez une boutique, eh ! que m'importe à moi tout cela ? ſix francs pour un Monſieur comme vous, ne ſont pas trop, voilà de quoi il s'agit ; *c'eſt là le Tu autem.* La ravaudeuſe du coin, paye bien trente ſix ſols.

L'Auteur.. Voulez-vous, Monſieur le Receveur, que je vous parle avec franchiſe & avec naïveté, vous vous moquerez de moi.... c'eſt que la ravaudeuſe du coin eſt plus en état de payer trente ſix ſols que moi d'en payer vingt quatre.

Le Receveur. Oui .... à ce qui me paroît, vous autres Meſſieurs, vous étes des hommes bien extraordinaires.

L'Auteur. Oui, Monſieur, oui, les petits Auteurs, les Auteurs moins que médiocres, car j'appelle ainſi tous les Auteurs qui comme moi, ne font que commencer, les Auteurs apprentifs & qui n'ont pour ainſi dire encore qu'un pied dans la carrière des lettres, oui, Monfieur, oui, ces Auteurs là font vraiment extra-ordinaires. Je fuis logé au fixieme, je paye fix francs de ma chambre, je n'ai qu'un lit de fangles, une table, & une chaife, fans rideaux, fans tapifferie; je ne gagne rien ou prefque rien, & je vais manger chés Aubri.

Le Receveur. Eh! bien, un homme qui met fix francs à chaque repas, peut bien donner fix francs de capitation. Je fçais auffi bien que vous comme on eft chés Aubri, & j'y vais affés fouvent. Ne loge-t-il pas dans la rue des deux écus?

L'Auteur. Non, Monfieur, il loge dans la rue.... des deux pièces de trois fols, c'eft-à-dire que cet Aubri là eft l'Aubri de fix fols, & non de fix francs ou des deux écus. C'eft le petit Aubri, l'Aubri de la Tête noire, & non de la Tête d'or. C'eft un Aubri qui s'eft mis fur le pied de ne recevoir chés lui que des étudiants & des abbés, au lieu que le grand Aubri, votre Aubri de fix francs, reçoit des valets de chambre,

des intendants de maison , des marchands, des maîtres d'hôtel , & autres
gens du monde de cette espèce , ri-
ches , pleins d'éducation , d'esprit ,
de politeffe, furtout fort fçavants en
politique, qui connoiffent à fond
tout ce qui fe paffe à la cour , & qui
vont vous réveller, dès que le vin
eft entré , tout ce qui fe dit & fe fait.
de plus fecret dans les maifons des
Grands. Mais nous , chés le petit
Aubri, chés l'Aubri de fix fols , pau-
vres petits avortons de la fociété ,
nous ne parlons que d'hiftoires, de
chirurgie, de médecine , de droit , de
chronologie , géographie , théolo-
gie , furtout de comédies nouvelles ,
de contes & de romans. Enfin plu-
fieurs parmi nous s'entretiennent
comme des gens qui cherchent à
travailler pour les libraires , & qui
ont bien de la peine à accrocher dix,
douze , quinze louis dans une année
de ces Meffieurs les aigreffins de la
librairie , de ces futés confrères de
S. Jean-Porte-Latine , & qui nous
font réellement plus fouffrir que S.
Jean n'enduroit de tourments dans

sa marmite. Moi, par exemple, combien croyez-vous que j'ai gagné avec eux depuis le mois de Juillet ?

Le Receveur. Que sçais-je, mille francs.

L'Auteur. Mille francs, mille francs, bon Dieu ! je ne les gagnerois pas dans mille ans; non Monsieur, non un louis d'or pour un *Almanach Chantant* : encore me suis-je endetté à cette occasion auprès de mon cordonnier ; mais cela ne fait rien … Croyez vous que votre ravaudeuse du coin, n'ait gagné qu'un louis d'or depuis ce tems-là ? Tenez, Monsieur, il est bon que vous sachiez qu'un pauvre diable d'Auteur qui court la carrière du bel-esprit sans esprit, comme moi, après s'être escrimé pendant quatre, cinq, six, sept, huit mois pour faire un maudit roman, un méchant roman, n'en retire quelquefois que trois, quatre, cinq, ou six louis d'or tout tout au plus : encore faut-il être bien fin, bien s'intriguer, bien faire sa cour, bien courir les différentes boutiques, & le plus souvent avec

tout cela on eſt obligé de leur aban-
donner le diable de roman pour rien,
fort heureux que nous ſommes, quand
ils veulent bien s'en charger àce prix;
& ſi le roman vient à prendre &
qu'ils ſoient obligés d'en faire une
ſeconde édition, ils n'appelleroient
pas l'Auteur, pas pour tous les dia-
bles. Mais vous n'ignorez pas que
les libraires ſe damnent tous les jours
pour les œuvres d'autrui.... Mon
Dieu que ne ſuis-je M. de Voltaire !
On ſe plaint de ce que M. de Voltaire
a maltraité les libraires ; mais il
faut que les grands Auteurs vengent
les petits. Mon Dieu que ne ſuis-je
M. de Voltaire, ſeulement pour
avoir le plaiſir de voir les libraires
courir après moi, comme ils me ſont
aujourd'hui courir après eux !

Le Receveur. Par tout ce que vous
me dites là, Monſieur, je vois que
vous êtes un homme à talents, & par
conſéquent ſix francs ne ſont pas aſ-
ſés, & je vais....

L'Auteur. Hélas ! oui, un homme
à talents, mais à talents ſubalternes !
j'ai bien honte de le dire, c'eſt bien

malgré moi, & je fuis affés fâché morbleu, de ce que cela n'eft que trop vrai. Ah ! Monfieur Helvétius où étes vous, vous qui voulez que tous les efprits foient de la même trempe, de la même pâte, & que ce ne foit que le degré de chaleur dans le four qui les rende différents ! Que ne dites-vous vrai, morbleu, que ne dites-vous vrai; que le *travail, l'application, & les circonftances* ne fuffifent-ils, on me verroit bientôt des tout premiers? Vous fçaurez, Monfieur, que la Littérature eft un état qui ne fouffre point de médiocrité. Il faut primer, briller, percer, & effacer les autres, ou bien on eft compté pour rien; préjugé qui n'eft pas légitime ! Enfin c'eft comme vous diriez une belle & grande Ville qui ne feroit habitée que par des Seigneurs de la plus haute volée, & par de la populace. Il n'y a point, dit-on, de Bourgeoifie en littérature ; voilà qui eft bien injufte ! Et vous, Monfieur, vous voulez à toute force me faire Bourgeois de Paris, qui eft une Ville qui fourmille de Littérateurs. Oh ! si j'avois les talents d'un Crébillon, d'un Piron , (*) d'un Fontenelle , ou de quelque autre de l'Académie , je ne me ferois pas tirer l'oreille. Tous ces Messieurs touchent de belles & bonnes pensions du Roi, & payent volontiers quinze francs de capitation pour retirer quinze mille livres de rente. Mais je ne suis pas de ce nombre là, Monsieur, je n'en serai jamais, & je suis assés franc pour vous dire que je n'ai ni assés de génie, ni assez d'esprit pour cela.

Le Receveur. C'est-a-dire, Monsieur , que vous êtes de la populace littéraire.

L'Auteur. Oui … si vous voulez… pour le présent …. Mais comptez-vous me faire un reproche ? La populace littéraire, ne vous y trompez pas, Monsieur le Receveur , est

---

(*) M. Piron n'est point de l'Académie & n'a aucune pension ; ce que les Anglois ne trouvent pas fort honorable pour les François. *Note de l'Editeur.*

fort au deſſus de la nobleſſe igno-
rante, & je crois que vous n'en
doutez pas.

Le Receveur. Enfin, Monſieur, à
quoi ceci nous mène-t-il ? Venons
au fait, s'il vous plait, car juſqu'ici
*vous ne m'avez donné que des brides
à veaux. Au fait, Avocat.*

L'Auteur. Au fait, au fait.... Le
fait eſt, Monſieur, que ſi vous exi-
gez abſolument que je vous paye
vos ſix francs de capitation, je ne
puis vous donner que des moitiés
d'odes, des cantatilles, des fragments
de tragédies, des chanſons, ou mon
vio on, ſi vous aimez mieux, qui
vaut bien ſix francs, mais dont je
ſerai bien fâché de me défaire.

Le Receveur. Parbleu, oui, Monſieur, vous vous imaginez que je
me payerai de ſon & de chanſons !

L'Auteur. Parbleu, Monſieur le
Receveur, les libraires me payent
bien pour leur en donner ! Ne pou-
vez-vous donc pas en recevoir auſſi
en payement ? je n'ai pourtant que
cela à vous offrir.

Le Receveur. Je vois bien qu'on a
raiſon

raifon de dire que *le feu des vers ne fait pas bouillir la marmite....* Tenez, Monfieur, faites une chofe, faites-vous décharger de la capitation. Pour moi je ne demande pas mieux, car je vois bien qu'il n'y a rien à faire avec vous. Voyez Monfieur Bignon le Prévôt des Marchands.

L'Auteur. Vous me dites là un nom qui eft bien connu & bien révéré de tous ceux qui aiment les Lettres. Eft-ce M. Bignon de la Bibliothèque du Roi, de ces Bignons qui, depuis plus de cent ans, fe font toujours diftingués dans les Lettres, qui font connus de tout le monde pour honorer les Lettres, pour en faire la gloire & l'ornement, & pour protéger tous ceux qui les cultivent ?

Le Receveur. Monfieur le Prévôt des Marchands s'appelle Bignon, oui Monfieur.

L'Auteur. Vous me faites grand plaifir de me dire cela. Adieu, Monfieur, mille pardons & mille remerciments. Je tâcherai de lui faire parler par quelques-uns de mes amis.

B

Le Receveur. Je ne crains qu'une chofe, c'eft que vous ne foyiez pas à temps, parce que vous n'avez plus que trois jours de délai. Mais auffi pourquoi avez-vous attendu d'avoir le *Commandement* pour vous remuer, & que n'agiffiez-vous dès le moment qu'on vous a fignifié l'*Avertiffement* ? Vous aviez fix mois pour vous retourner.

L'Auteur. De quoi me parlez-vous là, Monfieur ? Je vous demande bien pardon, mais je vous protefte que j'ai le malheur de ne rien entendre à ce que vous me faites l'honneur de me dire, & fi cependant j'ai les oreilles percées.

Le Receveur. Mais, Monfieur, je ne parle pas Turc, à ce que je crois.

L'Auteur. Non, Monfieur, non, je ne dis pas cela. Mais qu'eft-ce qu'un *Avertiffement* ?

Le Receveur. C'eft un imprimé femblable à celui que vous tenez-là, avec la différence que c'eft un *Avertiffement*, & qu'on vous l'a remis au mois de Juin dernier.

L'Auteur. Et y avoit-il auffi deffus *Bourgeois de Paris.... En son domicile.... parlant à sa personne ?*

Le Receveur. Je vous ai déja dit, Monsieur, que c'étoit la même chose ; mais qu'au lieu de *Commandement*, il y avoit *Avertissement*. Vous aimez terriblement à me faire répéter.

L'Auteur. Et on me la remis à moi, en mon domicile, parlant à ma personne, à moi qui étois à Lyon pendant ce temps-là !

Le Receveur. Vous étiez à Lyon, Monsieur ? Tant pis pour vous, il falloit être à Paris ; vous avez tort.

L'Auteur. Oh ! sans doute j'ai tort, mais je n'étois pas sorcier pour deviner que vous dussiez m'envoyer un *Avertissement*. Il est certain que cela est très impoli de ma part, d'autant plus que je suis parti précisément à la fin de Mai, & que lorsque je suis parti j'ai quitté l'hôtel où je logeois comme un soldat quitte les casernes de sa garnison, dans l'espérance de n'y plus revenir.

Le Receveur. En ce cas là, Monsieur, votre hôtesse a dû vous écrire à Lyon.   B ij

L'Auteur. Comment donc, Monsieur, est-ce que Lyon est un hôtel garni ? Mon hôtesse ne sçavoit point mon adresse, & quand je lui ai dit adieu, je ne comptois jamais la revoir, ni revenir chez elle. Ce n'est que par hasard que j'y suis rentré, parce qu'un de mes amis s'y trouvoit logé. Mais, Monsieur, mon hôtesse ne m'a jamais parlé de rien, & voici la premiere fois de ma vie que j'entends prononcer le mot d'*Avertissement.*

Le Receveur. Ma foi, Monsieur, à la fin vous m'impatientez, & vos six francs ne valent pas le temps qne vous me faites perdre. Quel homme vous êtes, Monsieur, je crois que *quand vous dormez le diable vous berce.* De deux choses l'une, Monsieur, ou faites-vous décharger, ou payez-nous vos six francs, ou nous les ferons bien payer à votre hôtesse, puisqu'elle vous a déclaré.

L'Auteur. A mon hôtesse ! Oh, vous ne feriez pas mal, car la coquine m'a augmenté de vingt sols par mois pour être revenu loger chez elle, & pour avoir repris ma chambre. Il ne faut pas laiſſer tomber ça, Monſieur le Receveur; il faut faire uſage de ce moyen là, & le préférer à tous les autres. . . . . Cependant il me vient une penſée, & je ſonge à une choſe qui coupera court à tout cela, & qui fera diſparoître toute difficulté. Ne pourroit-il pas ſe faire que mon pere payât pour moi la Capitation en Province; & puiſqu'il jouit du tout, ne doit-il pas payer le tout? Qu'en penſez vous, Monſieur le Receveur? Vous ſavez ce quon dit dans les Ecoles de Droit: *Quem ſequuntur commoda, ſequantur & incommoda.* Il eſt vrai que cela n'arrive guères, & le texte ſeroit bien plus juſte s'il diſoit: *Quem ſequuntur incommoda, ſequentur & incommodiora.* Voyez le célèbre & infortuné Rouſſeau! Il quitte la Suiſſe pour l'Angleterre, *Incidic in Scyllam cupiens vitare Charybdim,* ainſi que le dit Ovide. Mais revenons à mon pere; laiſſez-moi je vous prie le temps de lui écrire.

Le Receveur. Très - volontiers , Monſieur, apportez - nous un certificat du Receveur & des Magiſtrats de la Ville où demeure M. votre pere, légaliſé par M. l'Intendant de la Province, qui ſoit pour nous une pièce juſtificative des deniers que M. votre pere a verſés en votre nom dans la caiſſe de la Capitation de la Province, & alors vous ſerez duement & ſolidairement déchargé.

L'Auteur. C'eſt à quoi je ne manquerai pas, je vous jure, & c'eſt ce que je ſuis ſûr d'obtenir. Bon ſoir, Monſieur le Receveur, vous êtes un galant homme. Ma foi je n'ai guères trouvé d'homme plus aimable que vous. Je vous rends mille graces, Monſieur le Receveur. Il ne manquoit plus , pour achever de peindre un Auteur, que de le mettre aux priſes avec les Receveurs de la Capitation. Grand merci , Monſieur le Receveur, rentrez donc je vous prie.

EPÎTRE (*)

A MONSIEUR
LE PREVÔT
DES MARCHANDS.

VOYEZ, MONSIEUR, ce que c'eſt que
le monde !
Que je le hais ! Qu'en malice il abonde !
Ce qui, le plus, excite mon courroux,
De mon bonheur c'eſt qu'il eſt ſi jaloux,
(Jaloux hélas ! J'en frémis quand j'y penſe)
Qu'il veut encor rogner ſur ma pitance,

(*) Cette Epître n'a jamais été im-
primée que dans des Journaux Anglois
& Hollandois ; nous avons crû qu'on ne
ſeroit pas fâché de la retrouver ici, où
d'ailleurs elle eſt plus correcte.

A moi chétif qui n'ai pour revenus,
Tout bien compté, que *cent moins quatre*
écus.

Pour un rimeur la somme n'est pas mince,
Je le sçais & je vivrois comme un prince.
Si l'on vouloit ne rien prendre dessus,
Et me laisser mes *cent moins quatre écus*.

Ces écus là je les divise en douze
C'est huit par mois dont, si je ne me blouze,
Après avoir acquitté mon loyer,
Mon blanchisseur, l'auberge & le barbier,
Sans faire un sol de dépense frivole,
Il ne sçauroit me rester une obole ;
Où si l'on croît qu'il en puisse rester,
Je ne suis pas un homme à contester,
Que l'on me trouve une honnête personne
Qui me défraye, & pour lors j'abandonne
A qui voudra mes *cent moins quatre écus*.

Du revenant je consens qu'il profite
Mais quel mortel, fût-ce un autre Stylite,
Mangeant pour vivre & vivant de fruits cruds,
Vivroit à moins de *cent moins quatre écus* ?

Et cependant certain Monsieur .. *Cassette*,
Homme zélé, surtout pour la Recette ,

Veut qu'aujourd'hui, plus fobre qu'un reclus,
Je vive à moins de *cent moins quatre écus.*

   Ce beau Monfieur, dont le ciel me délivre,
Veut que je paye onze fois une livre,
C'eft onze francs, ou Barrême eft un fot.
Or avec quoi? Car enfin de mon lot,
Tout calcul fait, il eft clair qu'il ne refte
A moi rimeur pas la valeur d'un zefte;
Et pour quiconque entend le numéro
Un zefte vaut à-peu-près un zéro.
Pourquoi me faire une taxe fi forte?
Mais après tout dans le fond que m'importe?
La taxe n'eft que pour qui peut payer,
Et par bonheur n'ayant fol ni denier,
Point de maifon, de contrat, ni de rente,
Point d'autre effet qu'une table pliante,
Une efcabelle avec un vieil habit,
Quelques bouquins dont le bord fe moifit,
Je ne crains point qu'un Suiffe à large échine
Vienne en jurant m'effrayer de fa mine,
Boire mon vin, dépenfer mon argent,
Ni démeubler mon riche appartement.
Grace à Phœbus, je fuis logé fans fafte,
Dans un recoin qui n'eft ni beau ni vafte;

Force papiers, pour moi feul précieux,
Dont les Sergents ne font point envieux,
Voilà de quoi notre tenture eſt faite.
Avec cela, fans ce Monſieur *Caſſette* :
J'aurois vécu plus content qu'un Créſus
En dépenſant mes *cent moins quatre écus.*

Peut-être auſſi qu'à cauſe de l'étage,
Ce Receveur a cru qu'il étoit fage
De me taxer fuivant mon eſcalier ?
Mais le troiſieme eſt chez moi le dernier.
Comment, MONSIEUR , fera-ce donc ma
faute

Si la maiſon n'eſt pas un peu plus haute ?
En cas pareil, ſi pour ne rien payer,
Il ne falloit que loger au grenier,
J'y logerois.... Mais ce Monſieur *Caſſette*
Dans un grenier taxeroit un Poëte.
Délivrez-moi, MONSIEUR , par charité
Du Receveur qui m'a ſi mal traité.
Onze francs ! Moi ! J'en fuis tout immobile,
Autant vaudroit qu'on eût mis onze mille.
Pour abréger, fans façon rayez-moi
De ſon regiſtre ; ou ſi je dois au Roi

Quelque tribut, MONSIEUR, taxez ma veine
A tant de vers qu'il vous plaira : fans peine
Je rimerai pour chanter fes vertus.
Mais laiffez-moi mes *cent moins quatre écus.*

F I N.